KB068192

괜찮아
That's OK

명난희 지음

완전하지 못한
내 마음에게

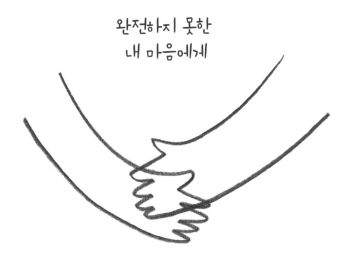

괜찮아
That's OK

알에이치코리아

괜찮지 않은 순간에

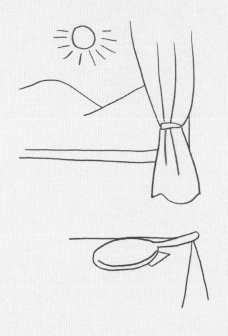

말해줄게요.

괜찮아.

01

나

ME

나는 조급해요.

I'm hasty.

괜찮아.

That's OK.

나는 뚱뚱하고 못생겼어요.

I'm fat and ugly.

괜찮아.

That's OK.

또 그랬는걸요!

I did it again!

괜찮아.

That's OK.

오늘 친구 흉을 보았어요.

I badmouthed my friend today.

괜찮아.

That's OK.

나는 두려워요.

I'm scared.

괜찮아.

That's OK.

수학시험을 망친 것 같아요.

I think I screwed up my math exam.

괜찮아.

That's OK.

아아아아아아아악!!!!!!
CRAAAAAAAAP!!!!!!

괜찮아.

That's OK.

난 너무 게을..러어...

I'm too lazzz...

괜찮아.

That's OK.

아직 화장 덜 했는데요.

I need more makeup.

괜찮아.

That's OK.

머리했는데 마음에 안 들어요.

I don't like my new hair cut.

괜찮아.

That's OK.

오늘도 최선을 다해 하루를 낭비했네요.

I've successfully wasted my whole day.

괜찮아.

That's OK.

마음이 아파요.

My heart is bleeding.

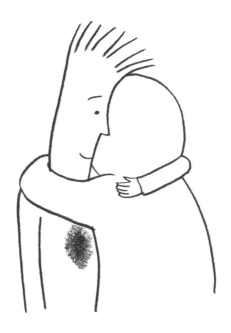

괜찮아.

That's OK.

아무도 날 듣지 않아요.

No one listens to me.

괜찮아.

That's OK.

사실, 이거 가발이에요.

Actually, it's a wig.

괜찮아.

That's OK.

나는 쉽게 화가 나요!

I easily get angry!

괜찮아.

That's OK.

에구머니나!

Holy cow!

괜찮아.

That's OK.

그럴 리가.

No way.

괜찮아.

That's OK.

괜찮은 척하는 데 지쳤어요.

I'm sick of pretending that everything is fine.

괜찮아.

That's OK.

좀 많이 먹었어요.

I ate quite a lot.

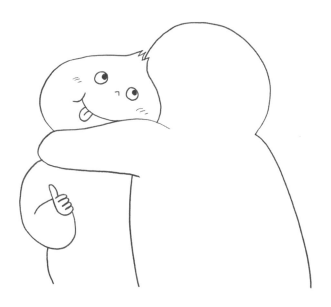

괜찮아.

That's OK.

할 일이 너무 많아요!

I have too many things to do!

괜찮아.

That's OK.

내 미래의 남편은 어디에 있는지 말 좀 해줘요.

Tell me where my future husband is.

괜찮아.

That's OK.

모태 솔로예요.

I was forever alone.

(나도.)

(Me too.)

다 내 잘못이에요.

It's all my fault.

괜찮아.

That's OK.

절망적이에요.

I'm hopeless.

괜찮아.

That's OK.

나는 감정표현에 서툴러요.

I'm not very good at expressing my emotions.

괜찮아.

That's OK.

또 지각이다!

Late again!

괜찮아.

That's OK.

해결책을 못 찾겠어요.

I can't find any solution.

괜찮아.

That's OK.

아무리 노력해도 전혀 나아지질 않아요.

I'm not getting any better no matter how I try.

괜찮아.

That's OK.

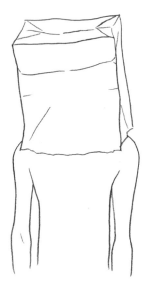

슬퍼요.

SAD.

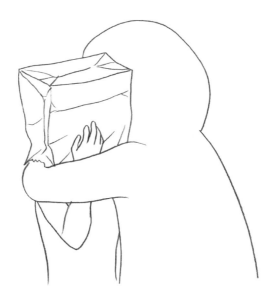

괜찮아.

That's OK.

너무 늦었어요.

It's too late.

괜찮아.

That's OK.

죄책감이 느껴져요.

I feel guilty.

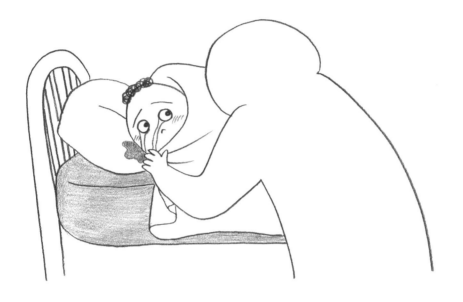

괜찮아.

That's OK.

가진 게 없어요.

I've got nothing.

괜찮아.

That's OK.

무기력해요.

I'm powerless.

괜찮아.

That's OK.

여기서 빠져나갈 수가 없어요.

I can't get out of here.

괜찮아.

That's OK.

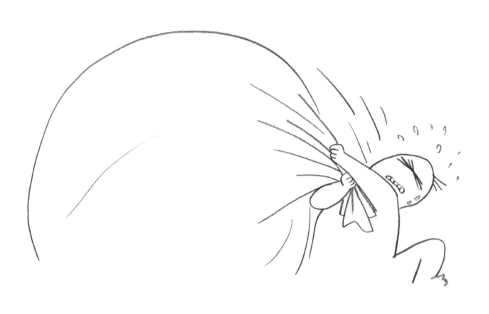

이건 나에게 너무 버거워요.

It's too much a burden.

괜찮아.

That's OK.

나는 가라앉고 있어요.

I'm sinking.

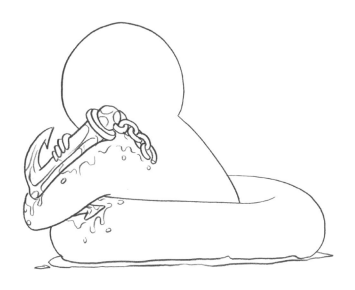

괜찮아.

That's OK.

100번째 소개팅이네요.

This is my 100th blind date.

괜찮아.

That's OK.

02

너와 나

YOU AND ME

난 민감한 사람이거든요.

I'm a sensitive person.

괜찮아.

That's OK.

나는 불안해요.

I'm on edge.

괜찮아.

That's OK.

전화할 친구도 없네.

No friends to call.

괜찮아.

That's OK.

자신이 없어요.

I have no confidence.

괜찮아.

That's OK.

때로는 내가 광대 같아요.

Sometimes I feel like I'm a clown.

괜찮아.

That's OK.

오늘도 한마디도 못 걸었어요.

I missed my chance to talk to her again.

괜찮아.

That's OK.

저, 지지금, 너무 떠떠떨려요…!

I, I'm sooooo nervous right now…!

괜찮아.

That's OK.

흥, 누가 먼저 연락할 줄 알고!

Let's see who calls first!

괜찮아.

That's OK.

"당신 인생 헛살았어."

"You are a loser."

괜찮아.

That's OK.

내 몸이 아닌 영혼을 사랑해 줄 사람을 찾았는데…
I wanted someone who loves my soul, not my body…

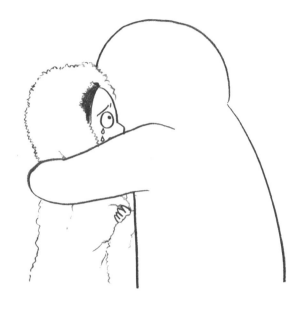

괜찮아.

That's OK.

그냥, 죽고 싶었던 거 같아요.

I just, felt like dying.

...

...

혼자 점심 먹는 것 끔찍해요.

Eating lunch alone is terrible.

괜찮아.

That's OK.

조절이 안돼요.

I can't control myself.

괜찮아.

That's OK.

왜 나야?!

Why me?!

괜찮아.

That's OK.

"넌 늘 말뿐, 아무것도 안 하잖아."

"You are all talk and no action."

괜찮아.

That's OK.

죄송해요…

Sorry…

괜찮아.

That's OK.

왜 맨날 쟤 편만 들어주세요?

Why is God always on his side?

괜찮아.

That's OK.

새로운 게 더 필요해?

Do I really need something new?

괜찮아.

That's OK.

나는 외로워요.

I feel lonely.

괜찮아.

That's OK.

내가 원했던 건 이런 게 아니었는데.

This is not what I wanted.

괜찮아.

That's OK.

"어, 어, 나중에."

"Yeah, yeah, later."

괜찮아.

That's OK.

너에게 상처를 주려던 건 아니었어.

I didn't mean to hurt you.

괜찮아.

That's OK.

"네 나이에?"

"At your age?"

괜찮아.

That's OK.

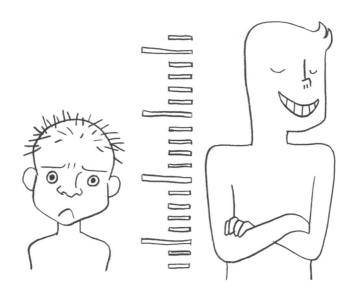

나, 조금 작아요.

I'm a little bit short.

괜찮아.

That's OK.

"야, 이 멍청아!"

"You idiot!"

괜찮아.

That's OK.

나는 실패자예요.

I'm a failure.

괜찮아.

That's OK.

"별로."

"Not much."

괜찮아.

That's OK.

나는 이 느낌이 싫어요.

I hate this feeling.

괜찮아.

That's OK.

나는 언제나 남에게 피해를 줘요.

I'm the cause of all problems.

괜찮아.

That's OK.

오늘 헤어졌어요.

I just broke up.

괜찮아.

That's OK.

그가 나를 싫어하면 어떡하지?

What if he doesn't like me?

괜찮아.

That's OK.

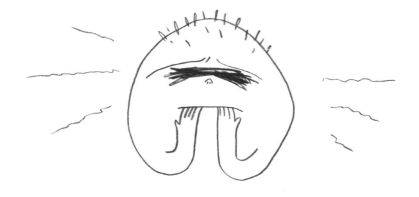

그 말은 하지 말았어야 했는데!

I shouldn't have said that!

괜찮아.

That's OK.

03

우리
US

우린 서로 달라요.

We are different.

괜찮아.

That's OK.

우린 서로 달라요.

We are different.

괜찮아.

That's OK.

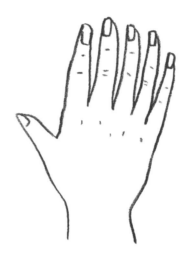

나는 남과 달라요.

I'm different from everyone else.

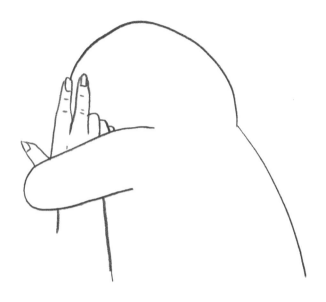

괜찮아.

That's OK.

"도대체 몇 번이나 말해야 알아듣겠니?"
"How many times do I have to tell you?"

괜찮아.

That's OK.

엄마는 나에게 정말 화가 난 것 같아요.
My mom is really mad at me.

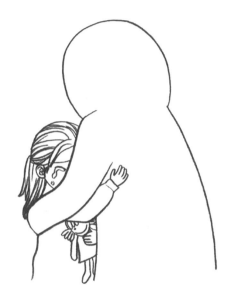

괜찮아.

That's OK.

"입 좀 닥쳐줄래?"

"Can you please shut up?"

괜찮아.

That's OK.

"네가 그렇지 뭐."

"That's what you always do."

괜찮아.

That's OK.

나는 내 인생을 바칠 꿈이 없어요.

I have no dream to live for.

괜찮아.

That's OK.

나는 그간 참 무지했군요.

I've been so ignorant.

괜찮아.

That's OK.

내년이 벌써 다가와요.

Next year is coming soon.

괜찮아.

That's OK.

이등병이에요.

I'm only a private soldier.

괜찮아.

That's OK.

졸업이네요.

It's already graduation.

괜찮아.

That's OK.

오늘 첫 출근이에요.

It's my first day of work.

괜찮아.

That's OK.

이제 퇴근해요.

I finally got off work.

괜찮아.

That's OK.

나는 걱정이 아주 많아요.

I worry too much.

괜찮아.

That's OK.

나는 부끄럼쟁이에요.

I'm a shy girl.

괜찮아.

That's OK.

저 임신했어요.

I'm pregnant.

괜찮아.

That's OK.

나는 쓸모가 없어요.

I'm useless.

괜찮아.

That's OK.

반밖에 안 남았어요.

It's half-empty.

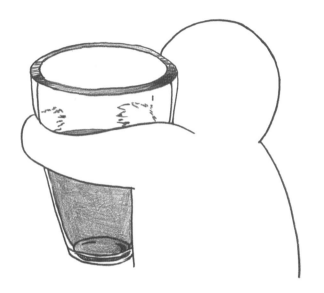

괜찮아.

That's OK.

시간을 되돌릴 수 있다면.

If only I could turn back time.

괜찮아.

That's OK.

가진 거라곤 이게 전부예요.

These are all I have.

괜찮아.

That's OK.

나 혼자만의 힘으론 역부족이었어요.

I couldn't handle it myself.

괜찮아.

That's OK.

이 세상에 내 자리는 없는 것 같아요.

I feel like there is no place for me in this world.

괜찮아.

That's OK.

가까이 다가오지 마!

Do not come close to me!

괜찮아.

That's OK.

엄마가 되고 많은 것이 변했어요.

A lot has changed since I became a mother.

괜찮아.

That's OK.

돌싱인 데다가 직업도 없어요.

I'm divorced and out of work.

괜찮아.

That's OK.

"대체 정신을 어디다 팔고 있는 거야?"

"Where on earth is your mind?"

괜찮아.

That's OK.

나는 당신을 절대 용서하지 않을 거예요.

I'll never forgive you.

괜찮아.

That's OK.

나도 왕년엔 잘 나갔었는데.

I was once successful.

괜찮아.

That's OK.

왜, 집집마다 사고뭉치 한 명씩은 있는 법이잖아요.

Well, there is a black sheep in every family.

괜찮아.

That's OK.

사는 게 힘들어요.

Life is tough.

괜찮아.

That's OK.

있죠, 나는 그냥 내가 싫어요.

Well, I just hate myself.

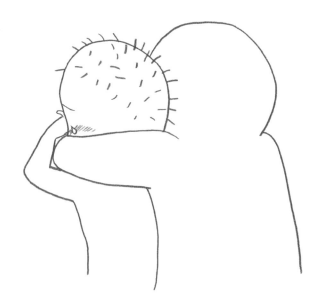

괜찮아.

That's OK.

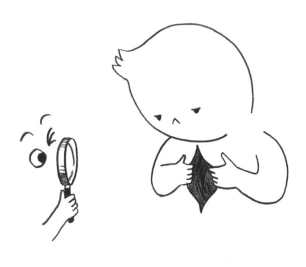

나는 어딘가 고장난 것 같아요.

I think there is something wrong with me.

괜찮아.

That's OK.

가시가 또 생겼어요.

I got another thorn in my heart.

괜찮아.

That's OK.

나는….

Well, I….

괜찮아.

That's OK.

괜찮아.

That's OK.

괜찮지 않은 모든 순간에
가장 해주고 싶었던 말

이 책에 담긴 그림들을 그리기 전, 저는 대학원 수료를 앞두고 불안정한 날들을 보내고 있었습니다. 곧 사회로 나아가야 했지만 어디로 가야 할지, 무엇을 해야 할지 몰라 많은 것이 두렵고 불안했습니다. 그러던 어느 날 우연히 그린 것이 '나는 초조해요'입니다. 초조하다고 말하는 어떤 인물을 누군가 안아주며 '괜찮아' 라고 말하는 두 컷의 그림이었습니다. 단순한 낙서처럼 시작했지만 제 마음속에 어떤 길이 열리는 것 같았습니다. 그날 이후로 저는 매일 '괜찮아'를 말하기 시작했습니다.

사람들은 종종 일어난 일 혹은 저지른 일을 통해 자신을 정의하곤 합니다. 그래서 부정적인 경험들을 계속 겪다 보면 본래의 내 모습을 되찾는데 어려움을 느낍니다. 한마디로 '괜찮지 않아'집니다.

그런 괜찮지 않은 순간에 괜찮다고 말해주고 싶었습니다. 어떤 일을 지나
왔다고 해도 여전히 너는 사랑받을 만하다고 말해주고 싶었습니다. 뭘 해
도 상관없다는 것이 아닙니다. 제가 말하는 '괜찮아'는 '네가 실수했어도,
잘못된 선택을 했더라도, 여전히 너를 사랑해'라는 의미입니다. 이 마음
을 전하고 싶었습니다. 그들을 안아주고 싶었습니다.

그렇게 매일 괜찮다고 말하면서 제 스스로도 많은 위로를 받았습니다. 어
쩌면 저 역시 가장 듣고 싶었던 말이 아니었을까 생각해봅니다. 이 책을
접하는 모든 분들에게도 작은 위로가 되길 소망합니다.

명난희

괜찮아
That's OK

1판 1쇄 **인쇄** 2018년 11월 30일
1판 1쇄 **발행** 2018년 12월 7일

지은이 명난희

발행인 양원석 **본부장** 김순미 **편집장** 최두은 **책임편집** 이슬기
디자인 RHK 디자인팀 남미현, 김미선 **해외저작권** 황지현 **제작** 문태일
영업마케팅 최창규, 김용환, 정주호, 양정길, 이은혜, 조아라, 신우섭, 유가형, 임도진, 김유정, 정문희

펴낸 곳 ㈜알에이치코리아 **주소** 서울시 금천구 가산디지털2로 53, 20층 (가산동, 한라시그마밸리)
편집문의 02-6443-8916 **구입문의** 02-6443-8838 **홈페이지** http://rhk.co.kr
등록 2004년 1월 15일 제2-3726호

ISBN 978-89-255-6515-6(03810)